WITHDRAWN

WEEKLY READER
EARLY LEARNING LIBRARY

How Plants Grow/Cómo crecen las plantas

How Pine Trees Grow/ Cómo crecen los pinos

by/por Joanne Mattern

Reading consultant/Consultora de lectura:
Susan Nations, M.Ed.,
author, literacy coach,
and consultant in literacy development/
autora, tutora de alfabetización,
y consultora de desarrollo de la lectura

Please visit our web site at: www.earlyliteracy.cc
For a free color catalog describing Weekly Reader® Early Learning Library's list
of high-quality books, call 1-877-445-5824 (USA) or 1-800-387-3178 (Canada).
Weekly Reader® Early Learning Library's fax: (414) 336-0164.

Library of Congress Cataloging-in-Publication Data

Mattern, Joanne, 1963-
  [How pine trees grow. (Spanish & English)]
  How pine trees grow = Cómo crecen los pinos / Joanne Mattern.
     p. cm. — (How plants grow = Cómo crecen las plantas)
  Includes bibliographical references and index.
  ISBN 0-8368-6464-6 (lib. bdg.)
  ISBN 0-8368-6471-9 (softcover)
  1. Pine—Growth—Juvenile literature. 2. Pine—Development—Juvenile literature.
  I. Title: Cómo crecen los pinos. II. Title.
  QK494.5.P66M3618   2006
  585'.2–dc22   2005032242

This edition first published in 2006 by
Weekly Reader® Early Learning Library
A Member of the WRC Media Family of Companies
330 West Olive Street, Suite 100
Milwaukee, WI 53212 USA

Copyright © 2006 by Weekly Reader® Early Learning Library

Managing editor: Valerie J. Weber
Art direction: Tammy West
Cover design and page layout: Kami Strunsee
Translators: Tatiana Acosta and Guillermo Gutiérrez
Picture research: Cisley Celmer

Picture credits: Cover, p. 21 © Gibson Stock Photography; Cover background, title, © Diane Laska-Swanke;
pp. 5, 7 © Michael P. Gadomski/Photo Researchers, Inc.; p. 9 © John Kaprielian/Photo Researchers, Inc.;
p. 11 © Brian Gadsby/Science Photo Library/Photo Researchers, Inc.; p. 13 © Image Ideas/PictureQuest;
p. 15 © Aflo/Nature Picture Library; p. 17 © Gail Jankus/Photo Researchers, Inc.; p. 19 © Seymour Hewitt/
Iconica/Getty Images

All rights reserved. No part of this book may be reproduced, stored in a retrieval system,
or transmitted in any form or by any means, electronic, mechanical, photocopying, recording,
or otherwise, without the prior written permission of the copyright holder.

Printed in the United States of America

1 2 3 4 5 6 7 8 9 10 09 08 07 06

Note to Educators and Parents

Reading is such an exciting adventure for young children! They are beginning to integrate their oral language skills with written language. To encourage children along the path to early literacy, books must be colorful, engaging, and interesting; they should invite the young reader to explore both the print and the pictures.

How Plants Grow is a new series designed to introduce young readers to the life cycle of familiar plants. In simple, easy-to-read language, each book explains how a specific plant begins, grows, and changes.

Each book is specially designed to support the young reader in the reading process. The familiar topics are appealing to young children and invite them to read — and reread — again and again. The full-color photographs and enhanced text further support the student during the reading process.

In addition to serving as wonderful picture books in schools, libraries, homes, and other places where children learn to love reading, these books are specifically intended to be read within an instructional guided reading group. This small group setting allows beginning readers to work with a fluent adult model as they make meaning from the text. After children develop fluency with the text and content, the book can be read independently. Children and adults alike will find these books supportive, engaging, and fun!

— Susan Nations, M.Ed., author, literacy coach,
and consultant in literacy development

Nota para los maestros y los padres

¡Leer es una aventura tan emocionante para los niños pequeños! A esta edad están comenzando a integrar su manejo del lenguaje oral con el lenguaje escrito. Para animar a los niños en el camino de la lectura incipiente, los libros deben ser coloridos, estimulantes e interesantes; deben invitar a los jóvenes lectores a explorar la letra impresa y las ilustraciones.

Cómo crecen las plantas es una nueva colección diseñada para presentar a los jóvenes lectores el ciclo de vida de plantas muy conocidas. Cada libro explica, en un lenguaje sencillo y fácil de leer, cómo nace, se desarrolla y cambia una planta específica.

Cada libro está especialmente diseñado para ayudar a los jóvenes lectores en el proceso de lectura. Los temas familiares llaman la atención de los niños y los invitan a leer — y releer — una y otra vez. Las fotografías a todo color y el tamaño de la letra ayudan aún más al estudiante en el proceso de lectura.

Además de servir como maravillosos libros ilustrados en escuelas, bibliotecas, hogares y otros lugares donde los niños aprenden a amar la lectura, estos libros han sido especialmente concebidos para ser leídos en un grupo de lectura guiada. Este contexto permite que los lectores incipientes trabajen con un adulto que domina la lectura mientras van determinando el significado del texto. Una vez que los niños dominan el texto y el contenido, el libro puede ser leído de manera independiente. ¡Estos libros les resultarán útiles, estimulantes y divertidos a niños y a adultos por igual!

— Susan Nations, M.Ed., autora, tutora de alfabetización, y
consultora de desarrollo de la lectura

This forest is full of tall pine trees. All these trees start out as tiny seeds.

Este bosque está lleno de altos pinos. Todos estos árboles nacen de semillas muy pequeñas.

5

Pinecones have seeds inside them.

Dentro de las piñas hay semillas.

7

In fall, the pinecone drops to the ground.

En el otoño, las piñas caen al suelo.

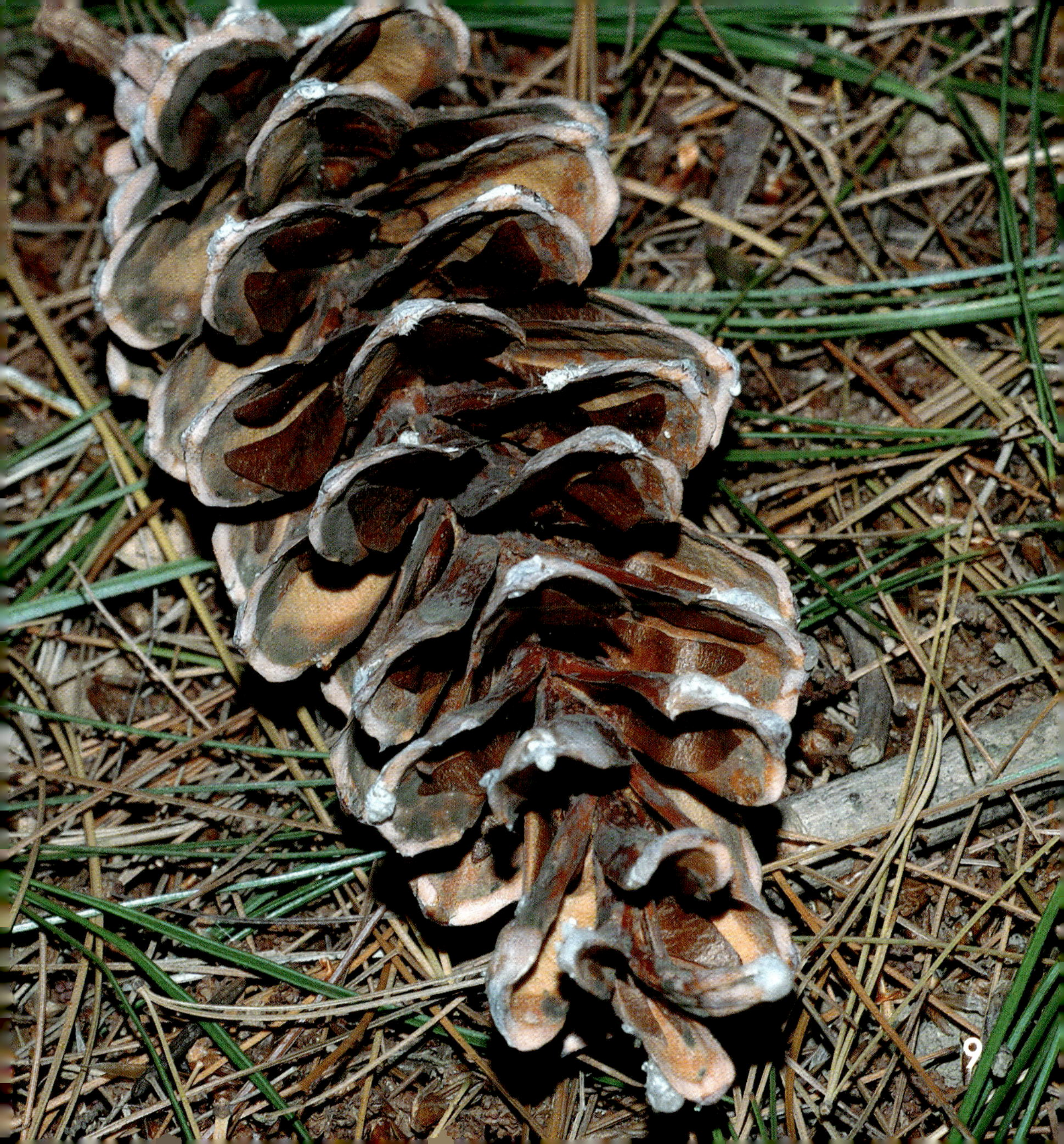

The pinecone dries and opens. The seeds inside fall to the ground.

La piña se seca y se abre. Las semillas que estaban dentro caen en la tierra.

seed/semilla

Rain waters the seed.

La lluvia riega la semilla.

13

Soon a pine tree starts
to grow.

━━━━━━━━━━━━━━━━━━━

Pronto, un pino empieza
a crecer.

15

A pine tree's leaves are long, thin needles.

Las hojas de un pino son agujas largas y finas.

17

Pine needles stay green all year long.

Las agujas de pino están verdes todo el año.

19

In a year, the pine tree will be about 2 feet (60 centimeters) tall. It will grow and grow until it is a tall tree.

En un año, el pino medirá unos 2 pies (60 centímetros) de altura. Crecerá y crecerá hasta ser un árbol muy alto.

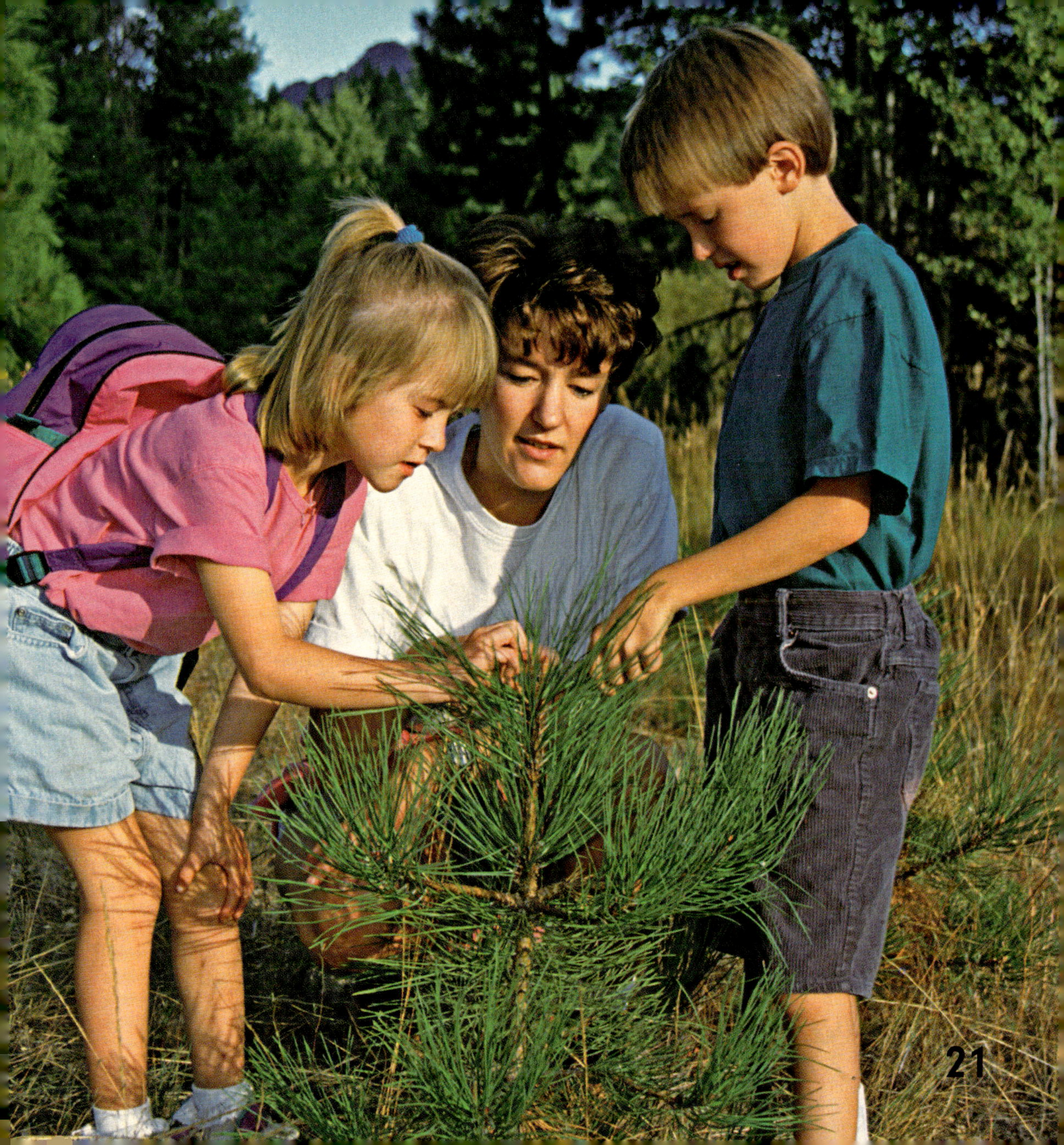

Glossary

forest — a large area of trees

needles — thin, pointed leaves on a pine tree

pinecones — woody fruits that hold seeds

seed — part of a plant that grows into a new plant

Glosario

agujas — hojas finas y puntiagudas de un pino

bosque — área extensa con árboles

piñas — frutos leñosos que contienen semillas

semilla — parte de una planta que se convierte en una nueva planta

For More Information/Más Información

Books

Pine Trees. Rookie Read-About Science (series). Allan Fowler (Children's Press)

Pine Trees. Trees (series). Marcia S. Freeman (Capstone Press)

Libros

Cuando voy a pasear al bosque (Walk in the Woods). Dana Meachen Rau (Rourke Enterprises)

Mariquilla y el pino. Caballo alado (series). Josefa Contijoch (Combel Editorial)

Web Sites/Páginas web

Real Trees 4 Kids
www.realtrees4kids.org/threefive.htm
This Web site has facts about how pine trees grow, tree farms, activities, and more!
Esta página web tiene información sobre el crecimiento de los pinos, los viveros, actividades y mucho más.

Index

fall 8
forest 4
growing 14, 20
leaves 16
needles 16, 18
pinecones 6, 8, 10, 14
rain 12
seed 4, 6, 10, 16, 18

Índice

agujas 16, 18
bosque 4
crecimiento 14, 20
hojas 16
lluvia 12
otoño 8
piñas 6, 8, 10, 14
semilla 4, 6, 10, 16, 18

About the Author

Joanne Mattern has written more than 150 books for children. Her favorite things to write about are animals, nature, history, sports, and famous people. Joanne also works in her local library. She lives in New York State with her husband, three daughters, and assorted pets. She enjoys animals, music, going to baseball games, reading, and visiting schools to talk about her books.

Información sobre la autora

Joanne Mattern ha escrito más de 150 libros para niños. Sus temas favoritos son los animales, la naturaleza, la historia, los deportes y la vida de personajes famosos. Además, Joanne trabaja en la biblioteca de su comunidad. Vive en el estado de Nueva York con su esposo, sus tres hijas y varias mascotas. A Joanne le gustan los animales, la música, ir al béisbol, leer y hacer visitas a las escuelas para hablar de sus libros.